LE CADEAU SURPRISE

par Betsy Maestro
Illustrations de Giulio Maestro

Texte français de Marie-Elisabeth

ISBN 2-7192-1369-1
Édition originale ISBN 0-307-10252-1 publiée par Western Publishing Company, Inc., Racine, USA
© 1986 by Betsy Maestro, pour le texte original ; © 1986 by Giulio Maestro, pour l'illustration
© 1987 by Éditions des Deux Coqs d'Or, Paris, pour l'édition en langue française
Édition en langue française publiée avec l'accord de Western Publishing Company Inc., Racine, Wisconsin, USA
Titre original : *The Grab-Bag Party*

DEUX COQS D'OR

« Quel délicieux printemps ! dit le Chat. Si nous faisions une fête en l'honneur du printemps ?

— Excellente idée », dit la Souris en avalant une gorgée de thé.

A ce moment, la porte du jardin s'ouvrit et le Serpent entra en se tortillant.

« Quel temps merveilleux ! dit le Serpent. Je crois que nous devrions faire une fête.

— Nous aussi ! dit le Chat. Que pensez-vous d'une fête avec des cadeaux-surprise demain chez moi ?

— Parfait ! dit la Souris.

— Invitons le Canard, l'Ours et la Grenouille », proposa le Chat. Tous ses amis acceptèrent.

Dans la soirée, ils allèrent tous acheter un cadeau-surprise.

Le Chat trouva le cadeau idéal : une paire de lunettes de soleil. « Exactement ce qu'il faut pour paresser au soleil », se dit-il.

Le Serpent choisit une écharpe. « Celui qui aura ce cadeau, aura bien de la chance ! » se dit-il en l'essayant.

La Souris prit un parapluie. « Personne n'aime être mouillé par la pluie, se dit-elle. Les fourrures sont si laides quand elles sont trempées ! »

Le Canard se décida pour un masque de plongée noir. « C'est exactement ce que je cherchais », se dit-il.

La Grenouille se dirigea vers le rayon des vêtements de sport. « La saison des baignades approche », se dit-elle. Et elle acheta un beau maillot de bain rouge.

Quant à l'Ours, il fixa son choix sur une paire de chaussures de sport. « Tout le monde aime prendre de l'exercice », pensa-t-il.

Les amis commencèrent tôt le lendemain matin à préparer la fête. Le Serpent et le Canard gonflèrent des ballons. Le Chat fit un gâteau au chocolat. L'Ours cueillit des fleurs et les mit dans des vases. La Souris et la Grenouille allèrent acheter des assiettes en carton et des guirlandes. Et, enfin, tout fut prêt.

L'après-midi, ils arrivèrent tous chez le Chat dans
leurs plus beaux habits.

« Bienvenue à la fête ! » leur dit le Chat. Ils mirent
tous leur cadeau-surprise dans une grande caisse en
carton. Puis, ils jouèrent à cache-cache et mangèrent le
gâteau au chocolat.

Ensuite arriva le plus excitant : le choix des cadeaux-surprise. Ils devaient en prendre un, chacun à leur tour. Le Canard choisit le premier. Il prit un paquet tout en longueur et l'ouvrit.

« Un parapluie ! s'exclama-t-il. Je n'en ai jamais eu ! »

Puis, ce fut le tour de Serpent. « C'est ma première paire de chaussures de sport ! » dit-il en ouvrant son cadeau.

Ensuite, la Souris prit un paquet. « Ciel, dit-elle, je n'ai jamais vu une aussi longue écharpe ! »

La grenouille eut les lunettes. « Je vais les mettre tout de suite », dit-elle.

Enfin, ce fut le tour de l'Ours et du Chat. Quant l'Ours vit le masque de plongée, il fut tout étonné. « Comme c'est intéressant ! » dit-il.

Le Chat déballa le costume de bain. « Très joli ! » dit-il.

Tous les amis se remercièrent les uns les autres, et ils rentrèrent chacun chez soi.

Le lendemain, il pleuvait. Le Canard sortit pour essayer son nouveau parapluie. « Il me garde bien au sec, se dit-il au bout d'un moment, mais j'aime être mouillé ! »

Il posa son parapluie à l'envers et attendit qu'il se remplisse d'eau.

Mais quand il enjamba le bord du parapluie pour profiter de cette petite piscine, elle se renversa !

« La mare est beaucoup plus pratique pour se baigner », se dit le Canard.

Pendant ce temps, la Souris essayait son écharpe. Elle
était si longue qu'elle traînait par terre. La Souris
s'embobina dedans davantage. Mais quand elle voulut
marcher, elle tomba et n'arriva pas à se relever !

Elle se mit à rouler sur elle-même et l'écharpe se débobina, libérant la Souris.

« Je crois que cette écharpe est un peu trop longue pour moi », se dit tristement la Souris.

Le Serpent, lui, se glissa dans une des chaussures de sport. « Comme il fait noir ! se dit-il une fois à l'intérieur. Je vais essayer dans l'autre sens. » Et, cette fois, il rentra à reculons.

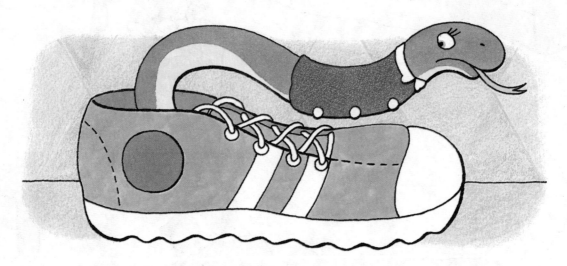

« Au moins, j'y vois », se dit-il. Il essaya de marcher, mais la chaussure resta immobile. « Je crois que je ne peux pas porter de chaussures de sport », se dit mélancoliquement le Serpent.

La pluie s'arrêta et le soleil parut. L'Ours, le Chat et la Grenouille se précipitèrent vers la mare avec leur cadeau.

L'Ours essaya de se mettre le masque sur un œil, puis sur le nez. Mais le masque était trop petit. « Bof, se dit l'Ours, de toutes façons je n'aime pas plonger ! »

Le Chat mit son maillot de bain tout neuf. Il tâta l'eau d'une patte. Elle était froide et humide. Cela ne plut pas au Chat.

« Au fond, se dit-il, je n'aime pas beaucoup nager. A vrai dire, je déteste l'eau. »

La Grenouille avait mis ses lunettes bien qu'elles soient trop grandes. Tout d'un coup, elle vit passer une punaise d'eau bien grasse. *Splash !* La Grenouille plongea. Quand elle remonta, les lunettes avaient quitté son nez, et la punaise avait disparu !

« J'ai l'impression, se dit la Grenouille, que ces lunettes de soleil ne me vont pas. »

Sur la rive, la Souris, le Canard et le Serpent regardaient. « Je vois que nous avons tous des problèmes, dit la Souris.

— Nous avons peut-être mal choisi nos cadeaux, dit le Canard.

— Nous pourrions les rapporter au magasin, dit le Serpent.

— Mais non, dit la Grenouille. Faisons une fête pour les échanger ! »

Aussi, les amis se réunirent-ils chez le Serpent. Ils posèrent tous leur cadeau sur la table. Et, ensuite, chacun prit le cadeau dont il avait envie.

Le lendemain matin, les six amis se réjouissaient tous de leur nouveau cadeau.

Les lunettes de soleil allaient parfaitement au Chat.

L'écharpe était juste de la bonne longueur pour le Serpent.

Bien qu'il fasse beau, la Souris avait ouvert le parapluie. « Ma fourrure ne sera plus jamais mouillée », déclara-t-elle fièrement.

L'Ours courait, ses chaussures de sport aux pieds.

Le Canard faisait de la plongée dans la mare. « Ce masque est parfait ! criait-il. Je vois le fond ! »

A côté, la Grenouille, en maillot de bain rouge, faisait des éclaboussures.

Plus tard, ils se retrouvèrent autour d'une tasse de thé. « Alors, dit le Chat, tout va bien maintenant.

— Oui, dit la Souris, tout le monde est content !

— C'est vrai, dit la Grenouille. Et quelle bonne idée d'avoir fait deux fêtes au lieu d'une ! »

Et tous étaient bien de cet avis.

« Loi n° 49-956 du 16 juillet 1949 sur les publications destinées à la Jeunesse »
Dépôt légal mai 1987 - Les Deux Coqs d'Or éditeur - N° 1/8915.10.86 - Imprimé à Singapour (20)